Annaret

MW01046162

Les éditions de la courte échelle inc.
5243, boul. Saint-Laurent
Montréal (Québec)
H2T 1S4

Conception graphique: Derome design
Révision des textes: Odette Lord

Dépôt légal, 3e trimestre 1991
Bibliothèque nationale du Québec

Copyright © 1991 la courte échelle

la courte échelle

Données de catalogage avant publication (Canada)

Gauthier, Bertrand, 1945-

Zunik dans le dragon

(Albums; 8)

ISBN 2-89021-153-3

I. Sylvestre, Daniel. II. Titre.

PS8563.A97Z86 1990   jC843'.54   C90-096589-4
PS9563.A97Z86 1990
PZ23.G38Zu 1990

Aujourd'hui, c'est samedi. Encore une fois,
mon père a accepté de s'occuper d'Ariane Arbour.
Ariane, c'est la fille de son amie Hélène.

Quand Hélène demande à mon père de garder son Ariane, François dit toujours oui.

Moi, je dirais non à Hélène. Le samedi après-midi, mon père et moi, on n'a pas besoin d'Ariane Arbour.

Avec elle, c'est toujours comme ça. Elle se croit la meilleure des meilleures.

Depuis qu'elle va à l'école, c'est pire. Ariane se vante de tout comprendre et de tout savoir.

Je n'hésite pas. En trois secondes, je suis assis tout près du conteur.

Aussitôt, l'histoire commence. J'aime cent fois mieux Pompon le dragon qu'Ariane la vantarde.

Moi, je sais pourquoi Pompon le dragon pleure tout le temps. C'est facile à deviner.

Je vais prouver à Ariane Arbour que je ne suis pas un menteur. Et que depuis longtemps, je ne suis plus un bébé.

Je l'aime donc, mon père, quand il est aussi bébé que moi.